블라섬 셰어하우스 외전

유니콘의 악마

블라섬 셰어하우스 외전: 유니콘의 악마

은상 지음
초판 **1쇄 발행일** 2024년 4월 8일
펴낸이 이숙진 **펴낸곳** (주)크레용하우스 **출판등록** 제1998-000024호
주소 서울 광진구 천호대로 709-9 **전화** (02)3436-1711 **팩스** (02)3436-1410
인스타그램 @bizn_books **이메일** crayon@crayonhouse.co.kr

* 빛은책들은 재미와 가치가 공존하는 ㈜크레용하우스의 도서 브랜드입니다.
* KC마크는 이 제품이 공통안전기준에 적합하였음을 의미합니다.

ISBN 979-11-7121-056-5 04810

블라섬 셰어하우스 외전

유니콘의 악마

빚은
책들

나는 연매출 1조 원 이상의 유니콘 스타트업의 대표로서 눈을 떴다.

　　그때부터 내 귀에는 마음의 소리가 들려온다.

　　「안 죽었어?」

　　「죽었어야 했는데.」

　　「어떡하지? 안 죽었잖아.」

　　나는 죽었어야 하는 사람, 악마다.

인간에게 배우라

목소리는 나에게 말했다.

"가서 인간에게 배우라."

내가 봉사자, 즉 네거티브 에너지 수집자, 혹은 악마로서 아직 자격이 안 된다고 판단한 목소리는 나에게 '수습' 기간을 명했다.

얼마 전에 고속도로에서 부가티 시론을 몰다가 교통사고를 내고 뇌사상태에 빠진 소셜 미디어 스타트업 '배컴'의 대표, 이강성의 몸에 들어가 이강성으로서 살라는 게 명확한 명령이었다.

원래 다른 봉사자라면 네거티브 에너지를 수집하는 데 필요한 특별한 능력을 부여받지만 난 아직 수습이라 특별한 능력은 없고 남들의 마음이 들리는 게 전부다. 그것도 2미터 이내에 있는 인물의 마음만 들을 수 있다. 그리고 또 하나, 네거티브 에너지 발생을 측정할 수 있는 장비가 주어지는데, 이강성이 착용하던 파텍필립 시계가 그것이다.

진짜 이강성은 어떻게 되었냐고? 그의 영은 이미 목소리가 접수했다. 어차피 죽을 목숨이었다.

아무튼 뇌사상태에서 사망 판정을 받기 직전 눈을 뜨고 보니 이런 상황이 펼쳐졌다.

「안 죽었어?」

「죽었어야 했는데.」

「어떡하지? 안 죽었잖아.」

모두 나, 아니 이강성이 죽기를 바라고 있었다.

내가 눈을 떴다는 소식을 듣고 달려온 세 명의 마음이 들렸다. 한 명은 조직관리 전문가로 대기업에서 스카우트 해온 박형철 이사, 한 명은 이강성과 같이 창업한 개발담당 오서원 이사, 마지막은… 비서인 민소리. 대략 이강성의 정보는 머릿속에 주입돼 있지만 도대체 평소에 어떻게 했기에 주변 모든 사람이 죽기를 바라는 것이냐?

나는 코에 연결돼 있는 호흡기를 직접 떼어냈다. 다리에서는 통증이 느껴졌다.

"정말 기적입니다. 뇌사상태로 판단하고 사망 판정을 내리기 직전이었어요. 그런데 어떻게 자가 호흡을 하면서 멀쩡하게 깨어나시다니요."

의사가 달려오며 말했다.

의사와 함께 오 이사와 박 이사도 같이 달려왔다.

"정말 다행이다. 난 너 죽는 줄 알았어."

"하늘이 도왔군요, 이 대표님."

이들은 정말 나를 걱정했다는 듯 말했다.

「그냥 죽게 내버려두지 그랬어요. 앞으로 또 그런 지옥을 겪어야 하나요?」

비서 민소리가 의사를 원망하는 마음이 들렸다. 다른 사람은 연기라도 하는데 민소리의 얼굴은 마음을 드러내듯 완전히 구겨져 있었다. 도대체 얼마나 나를 미워하는 거야?

나는 민소리에게 호기심이 생겼다.

"민소리 비서는 내가 깨어난 게 기쁘지 않은가 봐? 그렇게 멀뚱하게 서 있기만 하고."

"헛, 죄, 죄송합니다. 사과드리겠습니다. 너무 기쁜 나머지 정신이 나갔습니다."

소리는 병원 바닥에 바로 무릎을 꿇고 고개를 숙였다.

「난 이제 죽었다. '쏘리야!'가 아니라 '민소리 비서'라니.」

평소 이강성이 민소리를 '쏘리야'라고 불렀나 보다. 그것보다 겨우 말 한마디 했는데 병원 바닥에 무릎을 꿇을 정도라고? 뭐 이런 인간이 다 있었지?

오 이사도, 박 이사도 소리를 일으켜 세우지 않고 고개만 숙이고 있었다. 이들도 이 상황에 끼어들면 자신들에게 불똥이 튀길 걸 알고 몸을 사리는 것이다. 인간을 배우려면 더 악독하게 굴어야겠지만, 지금은 이 상황을 정리하고 싶다.

"꼴 보기 싫으니까, 다들 나가! 쏘리, 너도!"

이렇게 소리쳐야 민소리도 일어나서 나갈 수 있을 것이다.

"자, 일어나서 나가자고."

오 이사가 민소리를 일으켜 밖으로 데려갔다. 박 이사도 알기로는 나이가 쉰이 넘었는데, 나한테 90도로 인사를 하고 나갔다. 그리고 담당 의사와 간호사도 덩달아 인사를 하고 나가버렸다.

"이봐. 의사! 간호사! 당신들은 어디 가? 나를 이렇게 둘 거야?"

아무래도 이강성으로 살기는 조금 피곤할 것 같다.

어떡하죠, 목소리님? 이거 적성에 안 맞는 것 같은데요?

소리의 소리

며칠 후 난 집으로 돌아왔다. 한강이 보이는 80평대 빌라다. 인테리어는 전부 화이트 계열로 해놔서 눈이 부실 지경이다. 과시하기 좋아하는 이강성의 취향이 그대로 드러나 있었다.

창밖으로 한강이 보인다는 게 뭐 그리 대단하다고, 한강이 보이지 않는 뒤편 빌라에 비해 여기는 가격이 수억 원이 더 비싸다.

"쏘.리.야! 물 좀 가.져.다.줘."

난 아직 민소리를 '쏘리야' 하고 부르는 게 불편하다. 당연하지만 아직 발목 부러진 게 낫지 않아서 집에서 잘 움직일 수 없다. 그래서 민소리가 매일 집에 와서 업무 보고를 하고, 내 개인 일을 돌봐주고 있다.

민소리가 창밖을 보고 앉아 있는 내 쪽으로 물을 쟁반에 받쳐서 들고 오고 있다.

나는 시계를 힐끗 보았다. 네거티브 에너지, NE가 올라가는 게 보인다. 민소리는 내 근처에 오기만 해도 NE가 올라가나 보다.

「저 정도 부자면, 가족이 와서 돌봐줄 만도 한데, 오죽했으면 다들 의절했겠어. 돈이 중요한 게 아니었던 거지. 나도 관둘 수만 있다면, 당장 관둘 텐데. 그런데 회사를 관두면 저 인간이 그대로 놔두겠어? 이전 비서도 관두고 나자 안 좋은 소문을 잔뜩 퍼트려서 결국 아무 데도 취직 못하고 고향으로 내려갔다고 하던데….」

민소리의 마음이 들렸다. 내가 알기로는 가족이 의절한 게 아니라 이강성이 자기에게 손 벌리지 말라고 의절했다는데, 이건 민소리가 정확하게 몰랐나 보다.

물을 마시는 동안 민소리가 업무 보고를 했다.

"회사 매출은 동영상 배틀 시스템을 접목한 후로 매일 2퍼센트씩 성장하고 있습니다. 매출 상승은 복리식이므로 월 상승률은 약 80퍼센트입니다."

민소리는 똑똑한 사람이었다. 회사 사정을 명확하게 전달

해주었고, 목소리도 안정적이었다. 단정하고 유난히 검은 단발머리. 빛이 나는 눈동자. 눈부시게 하얀 블라우스. 검은색 정장 바지. 무엇 하나 어울리지 않는 게 없었다. 이강성의 악마적 상상력은 이 사람을 어떻게 괴롭혔을까? 생각이 나지 않았다. 오늘은 악마 수업을 잠시 쉬고 칭찬이나 해주고 싶다.

"쏘.리. 오.늘 복.장.이 아.주 잘 어.울.리.는.군."

칭찬도 어색했다. 그런데 갑자기 민소리의 눈이 엄청나게 커졌다. 이 어색한 칭찬에 감동받은 것인가? 이 인간은 얼마나 칭찬을 안 했기에….

"죄송합니다. 복장을 신경 쓰지 못했습니다. 내일부터는 꼭 신경 써서 입도록 하겠습니다."

예상외로 민소리는 머리를 숙이고 사과했다. 쏘리라고 불러서 그렇게 사과를 자주하나, 하고 생각하는 찰나 민소리의 마음이 들려왔다.

「변태 새끼. 요즘 잠잠하다 했더니, 치마 안 입었다고 또 지랄이네. 내가 치마는 입어주겠는데 다리에 손만 댔다가는 너도 죽고 나도 죽는 거야.」

내가 이강성인 게 부끄러웠다. 이쯤 되면 민소리뿐 아니라 나한테서도 NE가 나오고 있을 것이다. 악마로서 많은 것을 배우고 있다.

나는 하늘을 한번 쳐다보았다. 봉사하겠다고 목소리에게

약속했으니 난 봉사해야 한다. 그것은 반드시 지켜야 하는 규칙이다. '보고 계신가요? 나 지금 노력하고 있다고요.'

내가 아무 말도 하지 않자 민소리는 고개를 들고 다음 사안을 보고하기 시작했다.

"대표님 자동차 사고 처리 건입니다. 상대 차량인 트럭은 짐칸 부분이 조금 파손되었고 운전자는 경상만 입었습니다. 반면 대표님 차는 중심을 잃고 방지턱을 들이받고 전복되는 바람에 폐차 처리를 해야 합니다. 사고 책임 비율은 9대 1이 나왔습니다."

"누가 9야?"

내가 물었다. 그러자 민소리의 말대신 마음이 먼저 들렸다.

「시속 200킬로미터로 뒤에서 박았는데 당연히 네가 9지 앞 차가 9겠냐? 스치듯 부딪쳤으니 망정이지 제대로 박았으면 앞 차 운전자도 죽을 뻔했어, 이 악마야. 그때 앞 차가 차선만 변경하려 하지 않았으면 그 1도 책임이 없었어. 앞 차 운전수만 불쌍하지. 혹시 이놈이 9가 억울하다고 정식 재판 신청하라고 하면 어쩌지? 그러고도 남을 놈인데.」

남의 마음이 들리는 게 꼭 편리한 것만은 아니다.

"대표님이 9입니다. 정식 재판 청구할까요?"

민소리의 목소리에 떨림이 묻어났다.

"쏘.리.야. 내 재산이 얼마나 돼?"

"회사 지분을 합쳐서 이천억 원 근처입니다."

「왜? 또 돈 자랑이 하고 싶은가?」

또 마음의 소리가 따라왔다. 하, 이제는 그냥 대화만 하고 싶다. 마음의 소리 듣기 싫다고!

"상대 차량 피해액은?"

"약 이백만 원입니다."

"내 피해액은?"

"병원비를 제외하고, 차량이 전파돼서… 감가상각을 적용한다고 해도 약 이십억 원입니다."

"그러면 9대1이라고 해도 트럭 운전사는 이억 원을 내야 하는 거네."

"그렇습니다."

"보험사에 전화해서 그냥 10대0으로 하겠다고 해. 이천억 재산가가 찌질하게 9대1이 뭐야. 필요한 거 다 해준다고 해."

「미쳤나? 미쳤다! 미친 거야. 이강성이 이럴 리가 없어. 한 푼이라도 안 내려고 지랄해야 하는데!」

인간에게서 배우라고 했지, 악마 짓을 바로 하라고는 안 했다. 괜찮지 않을까?

그건 그렇고 민소리의 마음의 소리는 엄청나게 거칠다! 수시로, 나를 대상으로 욕하고 있다.

혹시나 해서 시계를 보니 민소리에게서 PE가 생성되고 있다. 이러면 균형을 맞추는 봉사자로서는 마이너스다. 그런데 왜 민소리가 좋아하니까 내가 좋을까? 이러면 안 되는데…. 자칫하다가는 나한테서도 PE가 나올 판이다.

머리를 들고 민소리를 보니 동그란 눈동자가 더욱 커 보였다. 조금 위험한 신호다! 소리가 좋아질지도 모른다!

"쏘.리.야. 오늘은 그만 퇴근해라. 혼자 있고 싶다. 그리고 내일도 바지 입어도 된다. 진짜 어울려서 한 말이니까."

민소리의 얼굴이 하얗게 질렸다.

"대표님, 제가 뭐 잘못한 것 있나요? 말씀을 해주시면 시정하도록 하겠습니다."

"하, 아니라고! 그냥 가라고!"

민소리는 여전히 당황한 얼굴로 인사하더니 주춤주춤 멀어져 갔다.

「자동차 사고 때문인가? 미쳤다, 미친 거야. 내일은 또 무슨 말을 할지 모르니 방심하지 말아야지. 미쳤어, 미쳤어, 미쳤어, 미쳤어….」

민소리는 내가 마음의 소리를 들을 수 없을 때까지 멀어지며 '미쳤어'를 반복했다.

80평이 넘는 집이라 민소리가 거실 밖으로 사라지는 데까지는 한참 걸렸다. 아마도 이 집을 나가는 순간까지도 '미쳤어'를 반복하고 있을 것이다.

민소리… 민소리의 소리가 사라진 공간은 고요했다. 고요
는 고독을 불러왔다. 처음 죽고 나서 고독은 일상이었는데,
소리가 사라지고 나서의 고독은 외로웠다.

한강에 노을이 지려면 한참 남았는데 내 눈에는 벌써 노을
이 진 듯 쓸쓸해 보였다.

소리의 소리가 듣고 싶었다.

좋은 쓰레기

"대표님, 말씀하신 대로 고위 개발자 열세 명을 제2서버실로 전보 조치했습니다."

목발을 짚고 회사에 도착하자마자 박 이사가 보고했다. 물론 나는 이게 무슨 내용인지 몰랐다. 이강성에 대해 알고 갔다 하더라도 세세한 것 하나하나 알 수는 없기 때문이었다.

"쏘.리.야. 이게 무슨 말이야? 교통사고 이후에 잘 기억이 안 나는 부분이 생겨버렸어."

난 옆에 있는 소리에게 물어보았다.

「잔인한 놈, 자기가 그래 놓고 기억도 나지 않는다고? 잠깐이지만 기대했던 내가 잘못이었어!」

"개발자 중에 핵심성과지표 하위 10퍼센트는 광주에 있는 제2서버실로 전보 조치하라고 대표님이 말씀하셨습니다."

진짜 목소리와 마음의 소리가 동시에 들려왔다. 일단 마음의 소리로 봐서는 안 좋은 일을 한 것만은 분명했다.

"내가 왜… 그랬을까?"

난 박 이사를 보며 말했다. 바보 같아 보이겠지만 어쩔 수 없다.

「네가 다 시켜놓고, 지금 내 탓 하려고 모른 척 하려는 거지?」

"이 사람들 해고하고 싶다고 대표님이 말씀하셔서, 제가 광주에 서버실을 하나 더 만들어 해고 대상자를 그쪽으로 보내자고 아이디어를 냈더니 좋다고 하셔서 추진하게 된 것입니다. 그냥 해고하면 부당해고에 해당해서 신고당합니다. 그래서 전보 조치하면 알아서 관두게 되니까, 그렇게 한 것이죠. 그리고 인사이동에 불응하면 해고가 정당하다는 판결도 있기 때문에 큰 문제가 없습니다."

박 이사가 땀을 닦으며 말했다.

"그럼 거기가 경기도 광주가 아니라 전라도 광주인가?"

"네, 대표님이 될 수 있는 대로 먼 곳에 서버실을 지으라고 하셔서…. 그리고 그곳에는 거의 사용하지 않는 서버들만 가져다 놔서 할 일도 없습니다. 광주 시내도 아니고 외곽이라

주변에는 논과 밭밖에 없고요. 사람들 자르기에 최적의 장소입니다."

역시 인간에게 배워야 한다. 사람을 불행하게 만드는 방법은 인간이 악마보다 훨씬 잘 알고 있다.

파텍필립을 보니 박 이사에게서 PE가 나오고 있다. 다른 사람의 삶을 구렁텅이로 빠트리는 법을 개발하면서 자기는 행복감을 느끼고 있는 것이다. 박 이사도 보통 인간은 아니었다.

「너희 둘 다 거기에 가서 썩어봐야 다른 사람의 마음을 이해하게 될 거다, 짐승같은 놈들아!」

소리의 분노가 마치 머릿속에서 외치듯이 들려왔다. 난 실제로 그런 말을 들은 느낌이라 고개를 돌려 소리를 보았다.

하지만 소리는 미소를, 아니 미소를 가장한 표정을 짓고 있었다.

"대표님, 오늘 오후에는 권태호 의원을 만나야 하는 일정이 있습니다."

소리가 일정을 알려줬다.

"아, 그건 또 무슨 일 때문이지?"

「뇌물 주려고 그러는 거지.」

"배틀 동영상 시스템이 너무 과도하게 경쟁을 부추긴다는 민원이 있다며, 그 부분을 상의하러 오신다고 합니다."

"아, 뇌… 아니 배틀 동영상 때문이군."

하마터면 마음을 들은 걸 밖으로 말할 뻔했다.

그때 밖이 소란스럽더니 대표실로 하얀 블라우스를 입은 여성이 뛰어 들어왔다.

"대표님, 저 광주로 갈 수 없습니다!"

여성은 나를 보고 소리를 질렀다.

"민 비서, 이렇게 대표실에 아무나 들어오게 하면 어떻게 해!"

놀란 박 이사가 소리에게 손가락질 하며 소리 질렀다.

"제가 이 안에 있는데 어떻게 밖에서 막습니까?"

소리가 대꾸했다.

"저, 버릇없는….”

"다들 조용!"

내가 소리쳐서 일단 말은 막았다. 그러나 마음의 소리가 머릿속에서 왕왕 울렸다. 박 이사는 민소리가 대표한테 꼬리쳐서 자리를 얻었다고 생각하고 있었고, 민소리는 박 이사가 할 줄 아는 게 사람 자르고 괴롭히는 것뿐이라며 무시하고 있었다. 그리고 공통적으로는 나를 싸가지 없다고 욕하고 있었다.

「제발 내 말 좀 들어주세요.」

그리고 방금 대표실로 뛰어 들어온 여성이 마음속으로 나에게 사정하고 있었다.

"1분 줄게. 1분 안에 하고 싶은 말을 해. 그 안에 나를 설득하면 능력을 인정해주지."

난 여성에게 말했다.

"대표님, 전 회사 초기부터 함께해왔습니다. UX팀장으로서 배틀 동영상의 서비스 기초를 잡았습니다. 대표님한테 칭찬도 받았고요. 임신한 상태에서도, 아이를 낳고 나서도 회사가 자리를 잡고 수익을 내는 기로에 있었기에 업무에 지장을 주지 않으려 최선을 다했습니다. 그런데 이제 회사 수익이 자리를 잡은 듯해 육아휴직을 신청하려 하니 바로 광주로 발령받았습니다. 성과지표를 공개해주세요. 혹시 육아휴직이 제가 서버실로 가야 하는 이유인가요? 전 UX 담당자인데 서버실로 가서 무엇을 할 수 있을까요?"

「그러게 누가 육아휴직 신청하라고 했나? 팀장이란 사람이 본보기를 보여야지. 쯧쯧.」

박 이사는 이 여성을 비웃고 있었다. 이강성이 이 일을 주도했겠지만 박 이사도 한통속이었음이 분명하다.

"쏘. 리. 야! 성과지표 보고서 가지고 와."

나는 소리에게 지시했다. 그러자 당황한 마음의 소리가 들렸다.

「보고서가 어디 있어? 다 지들 맘대로 해놓고. 공혜영 팀장 능력 좋은 건 세상이 다 아는데… 어쩌지?」

"아니, 됐다. 내 휴대전화에 다 있으니까."

난 소리를 곤란하지 않게 하려고 휴대전화를 꺼내들었다. 그리고 지도 앱을 열어 광주 지역을 검색했다. 의미는 없는 행동이다. 뭔가 보는 척하려고 했을 뿐이다.

"공혜영 팀장… 성과가 아주 좋네?"

「어라? 저 놈한테 뭔가 자료가 있나? 직원 줄여서 다른 회사에 배컴을 아주 쉽게 팔아넘기는 게 전부 저 자식의 속셈 아니었나?」

소리가 당황하는 생각이 읽혔다. '저 놈'이나 '저 자식'이라고 불리는 건 별로지만 소리가 나를 다시 보는 계기를 만들었다는 점에서는 만족이다.

"그러니까 문제는 육아휴직을 하려는 참에 서버실로 발령이 났다는 거지? 육아휴직을 간다고 해도 복귀를 서버실로 하게 될 테니까 그것도 문제라는 거고?"

"네, 그렇습니다."

「의외로 말을 잘 알아듣네? 온갖 쌍욕을 다 들을 걸 각오하고 왔는데. 얼마전 청소 아줌마가 로비 의자에 앉아서 잠시 쉬고 있으니까 회사 품위 떨어진다며 엄마뻘 되는 사람에게 입에 담을 수 없는 말을 하는 것도 내가 목격했는데? 왜 이러지?」

공혜영 팀장도 부탁하러 왔지만 별 기대가 없었나 보다. 그나저나 엄마뻘 되는 사람에게도 쌍욕을 했다고? 아… 적성에 안 맞아.

"공혜영 팀장은 인수인계 끝나면 바로 육아휴직 가도록 해."

"그럼… 저 바로 해고하시는 건가요? 이렇게 해고하시면 불법 해고라…."

공혜영 팀장이 두려워하며 말했다.

"무슨 헛소리야? 육아휴직 가고 싶다며? 가라니까. 충분히 갔다가 여기로 복귀해. 성과를 보니까 자르는 게 회사에 손해야. 내가 당신 능력을 충분히 뽑아 먹어야겠어. 육아휴직 기간에도 급여 그대로 다 나갈 거니까, 돈 받은 만큼 일할 각오해야 할 거야! 이제 나가 봐."

「무슨 일이지? 무슨 일이 일어난 거지? 좋은데 이상해!」

공혜영 팀장은 헷갈려하면서 주춤주춤 뒤를 계속 돌아보며 대표실에서 나갔다.

"박 이사. 그 광주 서버실 보내려던 사람들, 일단 보류해. 능력 있으면 다 뽑아 먹어야지. 그게 회사에 이득 아니야?"

"아… 아니, 그러면 광주 서버실에는 누구를? 그리고 회사 매각에도 좋지 않을 텐데…."

박 이사도 당황하고 있었다.

"거기 별 기능도 없는 곳이라며? 아무나 가면 되는 거 아닌가? 아, 맞다. 박 이사가 가도록 해. 거기서 시설 관리 좀 하고 있어. 할 일 없는 데 가 있으면 좋지, 뭐. 가서 휴양 좀 하도록 해."

"아니, 아니, 아니… 그게…."

나는 손목시계를 봤다. 박 이사한테서 NE가 폭발적으로 뿜어져 나오고 있었다. 이만하면 봉사자로서 잘한 것 같다. 그런데 주변에 돌아다니는 PE가 훨씬 더 많았다. 이러면 전체적으로는 균형을 못 맞춘 셈이다.

「미쳤다, 미쳤어! 근데 좋게 미쳤어! 이강성이 그럴 리가 없는데.」

소리가 멍한 눈으로 나를 보고 있었다. 미소를 가장한 표정도 잊어버린 모양이다.

소리는 입사했을 때의 일을 떠올리고 있었다.

「

"쏘리야, 내가 널 왜 뽑았는지 알아?"

"아니요, 잘 모르겠어요. 근데, 이름을 막 부르시는 건 좀…."

"뭐, 어때? 내가 대표고, 내가 나이도 더 많은데. 그럼 민비서니까 줄여서 민비라고 불러줄까? 나라 팔아먹은 민비라고? 하하하, 그것도 재밌겠다."

"아닙니다. 그냥 이름으로 불러주세요."

"그래, 쏘리야. 그런데 내가 널 왜 뽑았느냐 하면, 넌 똑똑한데 가난하더라고. 똑똑한데 생활에 여유가 있으면 날 금방 배신할 거 아냐. 넌 가난하고 대출도 갚아야 하니까 날 배신할 수 없어. 내가 따박따박 월급을 잘 챙겨줄 거거든. 그래도 날 배신하려 한다? 그러면 최소한 동종업계로는 못 갈 거야. 내가 소셜미디어 회사를 운영하는데 네 평판 하나 못 망가뜨릴 것 같니? 네 앞에 있던 비서가 어떻게 됐는지 한번 알아봐. 이것 협박이 아니라 충고야. 나를 배신하지 말라고."

"알… 알겠습니다."

"복장 규정 잘 지키도록 하고. 비서는 비서답게 입어야지. 사장은 사장답게 입어야 하고 말이야. 나는 그래서 휴고 보스밖에 안 입어. 더 비싼 옷은 많이 있지만, 휴고 보스에는 '보스'란 말이 들어가잖아. 하하."

⌟

"쏘.리.야!"

"네?"

소리는 내가 부르자 상념에서 깨어나 깜짝 놀랐다. 당연히 모든 면에서 나를 의심하고 있었다.

"너 내가 가난해서 입사시켜 줬다는 거 기억하지?"

「그럼 그렇지, 쓰레기 자식. 왜 속을 안 긁나 했다.」

"네, 잘 알고 있습니다."

"쓰레… 음…. 어쨌든 내가 너를 좀 더 믿을 수 있어야겠다. 그래서 연봉을 인상해줄 거야. 연봉이 높아지면 더 나한테 의존하게 될 테니까 말이야. 하. 하. 한 50퍼센트 상승이면 되겠지? 연봉에 맞게 대리라는 직함도 달아주지. 민 대리 어때?"

"네?"

「뭐지? 태도는 쓰레기인데, 말의 내용은 다 나한테 도움이 되는 거야. 이럴 때는 뭐라고 해야 하지?」

"자, 난 다리가 아파서 좀 쉬어야 하니까, 다들 나가. 박이사는 광주 쪽에 집 구하면 알려주고. 집들이 선물이라도 하나 보내줄 테니까."

「미쳤네, 미쳤어.」

「미치겠네, 미치겠어.」

소리와 박 이사는 비슷한 듯 다른 말을 하며 대표실을 나섰다.

악마가 배워야 할 것

창밖에는 가로수가 휙휙 스쳐 지나갔다.

"민 대리, 저 가로수가 무슨 나무인 줄 알아?"

「이 인간이 또 무슨 말을 하려고 그러나?」

"모릅니다."

"벚나무야. 벚꽃이 피는 한 열흘만 사람들이 좋아하고, 파란 잎이 돋아나기 시작하면 아무도 신경 쓰지 않는 나무지. 버찌가 떨어지는 계절이 오면 길이 더러워진다고 싫어하는 사람도 있어. 그 모든 것이 벚나무인데 하나의 면만 좋아하지."

"좋은 말씀입니다."

소리는 영혼을 비우고 대답했다. 나도 내가 왜 이런 말을 소리에게 했는지 잘 모르니까 이해할 만하다. 봉사자가 되기 전에 처음 죽었을 때가 생갔났나 보다. 아홉 살, 벚꽃이 떨어지고 파란 싹이 올라오던 계절이었다.

지금은 권태호 의원을 만나기로 한 경기도 파주 A호텔로 가는 길이다. 옆에는 소리가 앉아 있고 운전은 오 이사가 한다. 기술적인 부분은 오 이사가 설명할 것이라고 하니 별 문제는 없을 것이다.

"박 이사, 날려버렸다며?"

오 이사가 물었다.

"날린 게 아니라 휴식을 준 거지. 선택은 박 이사가 하는 거고."

「나도 날리는 거 아냐?」

오 이사의 머릿속에는 나에 대한 의심이 가득 차 있었다.

"제가 감히 말씀드리자면, 박 이사에 대한 처분은 대표님이 옳으신 것 같습니다. 박 이사님의 조직 관리 방식에 직원들의 불만이 많이 있었습니다."

"쏘리야. 너한테 의견을 물어보지 않았어."

오 이사가 백미러로 뒷좌석을 노려보며 말했다.

"민소리 대리!"

내가 소리쳤다.

"응?"

오 이사의 어리둥절한 표정도 백미러로 볼 수 있었다.

"민소리 대리, 혹은 민 대리라고 부르라고. 오늘 승진시켜 줬으니까."

"아, 알았어."

「자기 마음대로군. 원래부터 그러기는 했지만. 그 기세가 언제까지 가나 보자고. 너도 내가 마음만 먹으면 언제든지 바닥으로 떨어뜨릴 수 있어!」

오 이사의 마음에는 질투와 욕심이 가득 차 있었다. 이강성이 살아 있었다면 아마 오 이사한테 배신당하기 전에 내쳤을 것이다.

목발을 짚고 약속된 방에 도착하니 이미 권 의원과 수행원이 기다리고 있었다.

"이 대표님 말씀 많이 들었습니다. 요즘 IT업계에서 가장 주목하는 분이시라고요."

권 의원은 먼저 손을 내밀었다. 물론 나를 애송이 취급한다는 건 마음의 소리를 듣지 않더라도 표정에서 읽을 수 있었다.

"잘 부탁드립니다."

그의 손을 마주 잡아 주었다.

"그런데… 요즘 이 대표님이 서비스하는 배틀 동영상에 위험한 장면이 너무 많이 나온다는 민원이 많아요. 그거 때문에 과방위에서 이 대표를 소환한다고 하던데, 거참. 내가 보기에는 아주 재미있더구먼. 왜들 그러는지."

권 의원은 벌써 3선까지 한 중진 국회의원이라고 이동 전에 소리에게서 들었다. 사기업이라도 과방위에서 불법성이 있다고 판단하면 서비스를 내려야 할지도 모르기에 서비스 내용을 잘 설명하고 비위도 잘 맞춰야 한다고 말했다.

하지만 소리의 속마음에는 다른 마음도 있었다. 배틀 동영상 서비스가 너무 위험해 조치가 필요한 건 사실이니 내가 큰 징계를 먹었으면 하고 바랐다. 다만, 회사가 건전한 방향으로 사업을 전환하기를 원하기 때문에 아예 망하기를 바라는 건 아니었다. 이강성 주변에 있는 사람 중에 그나마 건전한 생각을 가지고 있는 사람은 소리뿐이었다.

"민 대리, 의원님께 우리가 어떤 서비스를 하는지 잘 좀 설명해 드려. 혹시나 오해가 있을지 모르니까."

"네 알겠습니다. 의원님 우리 배틀 동영상 시스템은 일반 동영상 서비스에 경쟁 체제를 접목한 것뿐입니다. 가령 누군가 고양이 동영상을 클릭하면 가장 유사한 동영상을 알고리즘이 찾아서 동시에 보여줍니다. 두 동영상에 경쟁을 붙이는 것이죠. 그래서 실시간으로 좋아요를 더 많이 받는 동영상을 올린 사람에게는 광고비를 두 배로 지급하고 있습니다. 그래서 이왕이면 경쟁자보다 더 재미있는 동영상을 많이 올리려고 경쟁하게 되는 시스템입니다."

권 의원은 소리를 빤히 바라보았다.

「오, 내 스타일인데?」

권 의원은 이미 예순 살을 훨씬 넘었기에 소리는 딸보다 어릴지도 몰랐다. 그런데 '내 스타일?' 순간적으로 주먹이 나가려는 걸 참았다.

권 의원은 한 번 잔기침을 하더니 말했다.

"으흠, 그건 나도 잘 알지요. 그런데 사람들이 우려하는 건 위험한 동영상이 너무 자주 노출된다는 거예요. 더욱더 위험을 부추기듯이 말이죠. 얼마 전 오토바이 동영상으로 경쟁이 붙어 위험한 묘기를 부리다 고등학생 한 명이 주차장에서 추락한 사건 기억하시죠? 자극적으로 자해하는 동영상도 올라온다고 하고…. 아주 걱정이 많아요."

"그건 제가 설명드리겠습니다." 오 이사가 중간에 나섰다. "제가 이 시스템 개발을 총괄하는 오서원 이사입니다. 저희 시스템은 그런 동영상을 올리라고 조장하지 않습니다. 오히려 위험한 동영상이라고 저희 인공지능 시스템이 판단하면 삭제하고 있습니다. 저희 알고리즘은 사람이 개입하지 않는 가치중립적 상태이기 때문에 일부러 위험한 동영상을 올리도록 조장한다는 건 말도 안 됩니다."

「이 정도로 말하면 됐겠지? 요즘 다들 인공지능이라고 하면 껌벅 죽으니까. 물론 그 인공지능이라는 데에도 사람의 손길이 안 닿는 건 아니고, 그 비율을 조절하는 방법은 나밖에 몰라.」

오 이사는 속으로 권 의원을 비웃고 있었다. 그리고 나 역시도 비웃음의 대상이었다.

난 이제 깨달았다. 왜 목소리가 나를 이 회사 대표로 보냈는지를. 이강성의 성격이 거지 같으니 그걸 배우라는 게 아니었다. 이들이 사업이라는 이름으로 벌이는 악마적 발상을 배우라는 것이었다.

배틀 동영상 시스템이야말로 전 세계적으로 NE를 발생시키는 원동력이 될 수 있었다. 서로를 무한히 비교해서 자존감에 상처를 주기도 하고, 비이성적인 경쟁으로 쓸데없는 에너지를 낭비하게 해 주변인들에게 불쾌감을 주는 시스템이었다. 이들은 사람들이 더 불쾌해하고 불안해할수록 돈을 번다. 그런데 이들에게는 죄책감이 없다. 이 내용을 알고 있는 사람 중 죄책감을 느끼는 유일한 인물은 소리뿐이었다. 하지만 소리 역시 나, 이강성에게 가스라이팅을 당해 안으로만 그걸 삭히고 있는 상태다. 난 인간의 악마성은 배울 수 없을 것이다. 아마도 봉사자에서 탈락해 내 영은 소멸하겠지. 그렇다면 그 전에….

"그건 그렇고, 난 이 대표하고 단 둘이 이야기를 좀 했으면 좋겠는데….."

권 의원이 말했다.

이제 본론을 꺼낼 차례였다. 어차피 권 의원은 이게 목적이다.

"수행원만 물리시지요. 저희 셋은 운명공동체라 함께 있는 게 좋습니다."

권 의원은 조금 찜찜해했지만 수행원을 물렸다.

「알아서 주면 좋겠는데, 이 대표가 그런 눈치가 있을까? 한 3억만 있으면 지금 벌려놓은 사업에 도움이 좀 되겠는데…. 이 놈이 수천억 자산가라고 하던데 3억이만 너무 약소한가?」

"드리겠습니다. 3억."

"어? 이, 이 사람이 지금 무슨 소리를 하는 거야? 내가 언제 돈을 달라고 했나?"

권 의원은 당황해서 어색한 미소를 지으며 말했다. 아무도 미소라고 보지 않을 표정이다.

"내가 드리는 겁니다. 지금 사업에 잘 사용하시라고."

「이, 이놈이 나에 대해 뭔가 알고 있구나.」

권 의원은 겁에 질렸다. 옆에 있는 소리와 오 이사도 놀라긴 마찬가지였다. 이들도 예상은 했지만 내가 이렇게 단도직

입적으로 말할 줄은 몰랐다.

권 의원은 이제 더는 욕심을 안 부리기로 했다. 더 요구하다가는 큰일이 날 것이란 예감이 든 것이다.

"부인이나 가족 이름으로 비트코인 지갑 하나 만들어 두십쇼. 그쪽으로 현재 가격으로 3억 원어치 비트코인이 들어갈 겁니다. 추적을 받을 염려 없습니다." 나는 고개를 돌려 오 이사를 보았다. "가능하지? 오 이사?"

"응? 그, 그럼."

이건 다 오 이사의 아이디어나 마찬가지다. 조금 전 내가 3억 원이라고 말했을 때 오 이사가 비트코인을 생각하고 있었다. 나 몰래 비자금을 만들어 비트코인 지갑에 넣어놓고 있었는데 그게 하필 딱 3억 원이라 연상 작용이 일어난 모양이다.

"오늘 즐거웠습니다. '사업' 번창하시길 바랍니다."

난 권 의원에게 악수를 청하고 나서 목발을 붙잡고 먼저 일어섰다.

나쁜 사업을 한다는 것도 깨달았고 뇌물도 줬으니 오늘의 악행으로는 충분할 것이다.

내일은 모르지만.

봉사하겠습니다

직감이란 게 있다.

한 번 죽었는데 다시 죽는다고 생각하니 그 직감이 더 강해지는 것 같다.

아마도 오늘이 마지막 날이 될 듯하다. 오 이사가 면담을 신청했을 때, 이제 끝내야 할 시점이란 걸 알았다.

오 이사는 숨겨둔 비트코인을 권 의원에게 전송한 그날부터 호시탐탐 나를 노렸다. 인간에게서 배우는 건 정말 힘들다. 오로지 악의밖에 없는 이런 집단에서는 더욱 그렇다.

오 이사가 대표실로 들어왔다.

「이 새끼. 오늘 끝장을 보자.」

안 그래도 그럴 참이었다.

오 이사는 내 앞에 종이 한 장을 보여줬다. 뭔가를 프린트한 문건이었다.

난 그것을 들고 읽었다.

"제목, 배틀 동영상 시스템 인위적인 조작 가능성 있다. 최근 배컴의 배틀 동영상 서비스가 위험하고 불법적인 동영상을 지속적으로 상위에 노출하도록 조작된 것으로 밝혀졌다. 익명의 내부 관계자에 의하면 대표가 단독적으로 동영상 노출을 조작해…."

테이블 앞에 서 있는 오 이사를 올려다 보았다.

"이것을 터트리겠다고? 어차피 조작은 네가 한 짓인데?"

"그 시스템에 접근해서 조작할 수 있는 아이디는 한 개뿐이야. 네 것이지. 로그 기록을 살펴보면 네 아이디만 나올 거야. 그러니 대표에서 물러나고 지분을 나한테 양도하면…."

"보내!"

"응?"

"이 문서를 네가 잘 아는 기자한테 보내라고."

"허세 부리지 마. 이거 보내고 나면 회사 이미지는 나락이야. 그런데 이걸 보내라고?"

오 이사의 속마음이 다 보였다. 오 이사는 이걸 보낼 생각이 없었다. 그저 나를 협박할 목적이었다. 왜냐하면 오 이사에게 '정의'란 없으니까.

"오 이사, 오서원! 너도 이걸 보내고 나면 나를 협박할 이유가 사라지잖아. 가치 떨어진 회사 지분을 네가 가져가서 뭐하게? 협박을 하려거든 생각 좀 해. 그렇게 멍청해서야 이 회사가 제대로 굴러가겠니?"

오 이사는 손을 부들부들 떨었고 마음을 읽지 않아도 충분할 만큼 표정이 굳었다. 이제 모든 것을 끝낼 결정타를 날려 줘야 할 때다.

난 인터폰으로 연락했다.

"민 대리, 안으로 들어와. 내가 부탁한 그것 들고."

소리가 안으로 들어왔다. 아직 문 앞에 서 있어서 무슨 생각을 하는지는 잘 모르겠다.

"조금 가까이 와서 그것 좀 들려줘."

민 대리는 오 이사 옆에 섰다. 그리고 스마트워치를 이용해 녹음된 파일을 플레이했다.

"드리겠습니다, 3억."

내 목소리가 들려왔다.

"뭐하는 거야?"

오 이사가 소리쳤다.

"민 대리, 이 녹음 파일 경찰에 넘겨줘. 조작에 뇌물까지…. 우린 나락으로 갈 거야."

"난 모르는 일이야. 네가 회의에 같이 가자고 해서 간 것뿐이잖아."

오 이사가 소리치는 순간 스마트워치에서는 "가능하지? 오 이사? 응? 그, 그럼." 하고 내 말에 대답하는 오 이사의 목소리가 흘러나왔다.

"민소리, 이 배신자. 너도 같은 자리에 있었잖아! 넌 무사할 것 같아?"

"내가 그날 오전에 민 대리한테 회의 내용을 녹음하라고 시켰어. 민 대리는 '이 인간이 무슨 일을 꾸미는 거야?' 하고 의심했지만, 어쨌든 녹음을 잘 했지. 민 대리는 공익제보자라 좀 귀찮기는 해도 벌은 받지 않을 거야."

민 대리는 나를 쳐다보았다.

「도대체 왜? 저 놈한테 무슨 일이 일어났기에 자꾸 이렇게 행동하는 거지? 이강성이 맞기는 한 거야?」

나는 소리를 쳐다보며 씩 하고 웃었다.

그때였다. 「저년이 가지고 있는 녹음 파일을 일단 뺏으면 시간을 벌 수 있을 거야!」 하는 오 이사의 마음이 들렸다.

오 이사가 소리에게 달려들려 할 때, '빠각' 하는 소리가 대표실에 울려 퍼졌다. 그리고 '쿵' 하는 소리가 이어서 났다.

난 발목에 엄청난 통증을 느꼈다. 정말 뼈가 부러지는 듯한 아픔이 이런 것이구나, 하고 생각했다. 당연하다. 뼈가 부러졌으니까. 그것도 같은 곳이 낫기도 전에 두 번째로.

난 오 이사의 생각을 읽자마자 책상 위로 뛰어올라 아직 깁스를 한 다리로 오 이사의 얼굴을 차버렸다. 첫 번째 났던 '빠각' 소리가 깁스와 내 발목뼈가 부서지는 소리고, 두 번째 났던 '쿵' 소리는 오 이사가 코피를 흘리며 쓰러지는 소리였다. 소리는 순식간에 일어난 일에 당황해 손으로 입을 막는 바람에 아무 소리도 내지 않았다.

"아, 이거 다시 부러진 것 같은데? 어쩔 수 없지 뭐. 곧 이 몸과도 이별이니까…. 아야."

난 다리를 부여잡고 바닥에 앉았다.

「어떻게 된 일이지? 어떻게 하지? 많이 다쳤나? 그나저나 이강성은 도대체 왜?」

소리의 궁금증이 폭발적으로 들렸다. 그럴 만도 하지. 천하의 쓰레기가 갑자기 옳은 일을 하려 하니 의심되고 헷갈릴 만도 하다.

"아, 민 대리. 저쪽으로 이 미터만 물러나 봐. 그러면 내가 다 말해줄게. 가까이 있으면 민 대리의 마음이 들려서 헷갈리니까."

"마음이 들린다고요?"

"그래. 민 대리가 나 욕하는 거까지 다 들리니까 정신이 없어. 그러니까 조금 물러나줘."

소리는 오 이사 쪽을 힐끗 보더니 황급히 문 앞까지 물러났다.

난 다리를 절뚝거리며 일어나 책상에 걸터앉았다.

"이상하다고 의심했겠지만, 난 이강성이 아니야. 잠시 몸을 빌렸다고만 해둘게. 그냥 그렇게만 이해해줘. 이해가 안 되겠지만."

"도대체 왜⋯."

소리가 말했다. 믿는 건지 안 믿는 건지 이제 알 수 없었다. 그게 편했다.

"어디서부터 설명해야 할지 모르겠어. 난 이강성에게서 악행을 배워야 했어. 그게 내 임무야. 근데 그게 잘 안 됐어. 그래서 나도 왜 그게 잘 안 되는지 이유를 생각해봤지. 근데 그거 같아. '죄책감.'"

"죄책감."

소리는 혼잣말처럼 내 말을 따라했다.

"내 옷 안에는 피곤하고 지친 심장이 있다. 그러나 그 심장은 따뜻하다. 어떤 사람에게도 해를 끼치지 않고자 하는 심장이다."

내가 말하자 소리는 영문을 모르겠다는 표정을 지었다.

"이 말을 누가했는지 알아?"

내 물음에 소리는 고개를 가로젓는 행동으로 대답했다.

"자기가 애인과 노는 데 방해된다는 이유로 경찰을 무참히 총으로 쏴 살해한 킬러의 편지야. 심지어 이 편지는 경찰과 총격전을 벌이는 도중에 쓴 거야. 이런 인간은 죄책감이란 게 없어. 자기가 하는 행동에는 다 이유가 있는데 그걸 몰라주니까 억울할 뿐이야. 이강성도 그게 없었을 거야. '죄책감.' 오 이사도 박 이사도 없었어. 민 대리, 민소리 씨만 유일하게 그걸 가지고 있었어. 그리고 나에게도 그게 있었지. 그래서 이렇게 됐어. 내 죄책감을 이기지 못해 다 끝내기로 한 거야."

소리가 이해했는지 결국 난 모른다. 이제 난 이곳을 떠나야 한다. '목소리'의 뜻을 모두 어겼으니 봉사자로 살 수 없다. 다음은 영혼의 증발일까? 모르겠다.

내가 절뚝거리며 방을 나가려했다.

"이제 어쩌죠? 대표님을 다시 볼 수 있는 건가요?"

소리가 물었다.

"난 소리 씨가 잘 해낼 거라고 믿어. 지혜롭고 강한 사람이니까. 잘 정리해줘. 다시 만날 수는 없지 않을까? 혹시 만난다면 신호는 줄게. 하하."

난 농담으로 아쉬움을 대신하고 방을 나섰다.

「아무것도 이해할 수 없지만, 고마워요.」

방 안에서 소리의 마음이 들렸다. 다행이다.

아픈 다리를 이끌고 지하주차장까지 왔다. 거기에는 이강성이 구입해놓고 거의 사용하지 않은 바이크가 한 대 있었다. 두카티 디아벨 V4. 이걸 타고 폼 나게 사라질 예정이다. 내일 뉴스에 나오겠지. '사고사'라고.

⊹

목소리가 말했다.

"넌 네 복수도 포기하더니 이제 배움도 포기하였다. 그런 나약한 봉사자는 필요 없다. 약속에 따라 너는 이제 해지한다."

예상했던 바다. '해지' 후에 어떻게 될지 몰라 두렵기는 하지만 나를 고통스럽게 만드는 복수도 할 수 없었고 악행도 배울 수 없었다. 그러니 받아들여야 한다.

"잠시만, 나한테 쓸모가 있을지도 모른다." 다른 목소리가 끼어들었다. "그 정도의 심성을 가진 사람이라면 포지티브 에너지를 얻는 쪽에서 일하게 하는 게 어떤가? 우리 쪽에서는 봉사자를 찾는 게 영 힘들어서 말이지."

"그쪽에서 사용하겠다면 사용하도록 하라."

"너는 우리 쪽에서 봉사하겠는가? 포지티브 에너지를 얻는 봉사자에게는 아무런 능력이 없다. 인간의 고통을 고스

란히 다 받아야 함에도 불구하고 그 안에서 긍정적인 기운을 만들어야 한다. 그래서 봉사자 지망이 거의 없는 힘든 일이 기도 하다. 봉사하겠는가?"

다른 목소리가 나에게 물어왔다.

"네, 봉사하겠습니다."

나는 약속했다.

회사로 가는 벚꽃길에 벚꽃이 피어났다.

이제 회사는 안정을 되찾아간다. 배컴이란 이름도 버렸고, 새로운 대표가 임명됐으며, 이사들은 모두 날아갔고, 사업 규모도 절반으로 줄었지만 다행히 기술력을 인정받아 새로운 서비스를 개발하고 있다.

민소리도 비서실에서 자리를 옮겨 기획부서로 발령을 받았다. 정말 설명할 수 없는 일을 겪은 게 몇십 년 전 같지만 채 1년도 지나지 않았다.

소리는 출근 전 편의점에 들렸다. 편의점표 아이스커피는 소리에게 아침을 여는 마법의 포션이었다.

"어서오세요. 즐거운 아침입니다."

편의점 직원이 활기차게 인사한다. 귀가 보이는 단정한 머리 스타일에 눈매가 선해 보인다. 새로운 직원인가 보다. 활기찬 인사를 들으니 나름 기운이 돋는다.

아이스커피를 카운터에 올려놓으니까 바코드 리더로 계산을 한다.

"고객님, 행운이시네요. 원 플러스 원 행사에 당첨되셨습니다. 하나 더 가져가셔도 됩니다."

직원이 활기차게 웃으며 말한다. 내가 아이스커피를 하나 더 가지고 오자 직원은 창밖을 흘깃 보더니 말을 이었다.

"벚꽃이 피었네요. 한 열흘 정도 지나가면 파란 싹이 올라오고, 또 며칠이 지나면 버찌가 땅으로 떨어지겠죠. 그래도 그건 모두 벚나무니까 벚꽃이 필 때만큼 전 좋아해요. 아, 봉투 필요하신가요?"

그렇게 말하고 직원은 씽끗 웃었다.

"아니요. 이거 하나는… 그쪽이 드세요."

소리도 커피를 건네며 이제 안다는 듯 웃어 보였다.

부록
블라섬 셰어하우스
아이디어 스케치

Yₐ ⇒ Dₐ

First loves never come true

Count
On
Me

COME

1 2 3 4 5 6 7 8 9 10 11 12 13 14 15 16 17 18 19 20 21 22 23 24 25 26
A B C D E F G H I J K L M N O P Q R S T U V W X Y Z

12 ...... 20.19

1998

2018.2.15

come
6 9 19 20   3.15. 135

TRUE   3uᴙT 3uᴙT
        TᴙUE TRUE
        3uᴙT

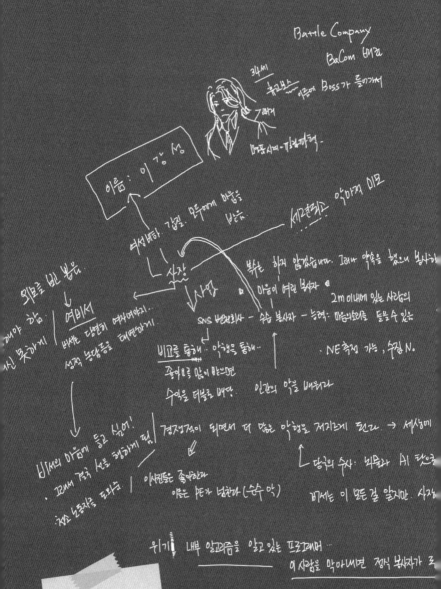

Battle Company
BaCom 배경

34세
쿡고보스 ← 이름에 Boss가 들어가서
명품시계 - 가족파편 -

이름: 이강성

여성배당: 강점. 모두에게 마음을 받음

세련되고 악마적 이모

부록 하지 않겠습니다. 그래서 약속을 했으니 봉사자
마음이 여린 봉사자
2m 이내에 있는 사람의
SNS 벤처회사 - 수습 봉사자 - 능력: 마음소리를 들을 수 있는
· NE 축적 가능, 수장 N.

비교를 통해. 악영을 통해..
좋아요를 많이 받으면
수익을 더블로 버닫   인간의 악을 배우다가

외모를 빼 봉음
계약 하고 / 여비서
비서는 당당히 연사여지..
성적 농담등을 해떤라기.

비서의 마음에 들고 싶어!
· 그래서 겪지 선물 행하게 됐
적소 노동자를 뜨릭줌 | 이사권들은 좋아하고
이든 PE가 넘천가 (순수 악)

경영적이 되면서 더 많은 악행을 저지르게 된다. → 세상에

당신의 숫자: 뇌목과 AI 탄으로
거기서는 이 모든 걸 알지만. 사장

위기 | 내부 알고리즘을 알고 있는 프로그래머…
이 사람을 막아내면 정식 봉사자가 로

막아내지 못하면, 모든 기억을
잊기

부록
유니콘의 악마
아이디어 스케치